첫 번째 아내여!
두 번째 아내여!
세 번째 아내여!

정병근 시집

시음사
시사랑음악사랑

투박함 속에 진한 사랑이 묻어나는
(사랑꾼) 정병근 시인

무엇인가를 열정적으로 바라고 원하고 있다는 것은 살아 있다는 것이다. 그것이 꿈이든, 물질이든, 사랑이든, 일이든 열정은 행복의 밑거름이다. 또 한 그것을 행동으로나 말로 또는 글로 표현할 수 있다는 것은 더 큰 행복이다. 정병근 시인의 詩作을 보면 자연의 섭리와 인간 내면의 세계를 상징적으로 조화시켜 표현하려는 노력이 숨어 있다. 그러면서 정병근 시인은 카메라 뷰파인더에 피사체를 보듯 삶을 담아 냈다. 꾸민 듯, 꾸미지 않은 듯 투박하면서도 거칠어 보일 수 있지만, 툭툭 던지는 시어 속에 작가만의 시각으로 전하고자 하는 삶의 희로애락 애오욕(喜怒哀樂 愛惡慾)의 메시지가 들어 있음을 볼 수 있다. 시인의 작품을 읽으면 읽을수록 정감이 가는 따뜻한 사람 사는 냄새와 가족과 아내에 대한 사랑이 내재 되어 있어 많은 독자와 공감대를 형성한다. 그러면서도 때로는 회화와 풍자로 날카롭게 펜 끝을 굴려 깊은 메시지와 많은 것을 사유(思惟)하게 한다.

시인이 시집을 출간한다는 것은 어쩌면 나신을 드러내는 것과 같다. 떨리고 두려울 수 있지만, 정병근 시인은 이제 자신의 모습을 과감하게 독자에게 내보였다. 어떻게 받아들일 것인가에 대한 것은 오로지 독자의 몫이다. 시인의 바람대로 함께 마음으로 공감하고 고개를 끄덕여 주는 독자도 있겠지만 때로는 혹평할 수도 있다. 그래도 모두 시인에 대한 사랑이다. 무관심과 외면으로 보지 않은 것보다는 시인의 작품을 읽었다는 것은 사랑과 관심이기 때문이다.

정병근 시인의 첫 시집 제호가 더 많은 궁금증을 자아낸다. "첫 번째 아내여! 두 번째 아내여! 세 번째 아내여!"에는 어떤 시심으로 독자의 마음을 사로잡을지 기대하면서 독자에게 좀 더 풍요로움과 행복을 줄 수 있는 시집으로 남길 바라며 기쁜 마음으로 추천한다.

(사)창작문학예술인협의회 이사장 김락호

시인의 말

둘이 하나로 인연을 맺는다는 의미,
부+부,로 살면서
서로 눈과 날개가 하나 되는
비익 연리(比翼連里)라는 말이 있다.

하지만 지금까지 나는
모든 결정권이 나에게만 부여된 것처럼
타협은커녕 독불장군으로 살아왔습니다

내가 생에 제일 잘한 일은
최초로 아내의 의견을 타진해 내린 것이
'첫 번째 아내여!
두 번째 아내여!
세 번째 아내여!' 시집출간이었습니다

가수가
표현하고자 하는 말을 노래로써 말하듯
내가 하고자 하는 말을 詩로써 말하고 싶습니다

이제 내 손을 떠난 작품들이 독자분께 읽히면서
나 자신을 보이게 됩니다

자신은 없지만 저의 글을 대하는 독자분께서
그래, 맞아, 그 한마디가 듣고 싶습니다

감사합니다.

시인 정병근

♣ 목차

♣ 목차

목차

♣ 목차

본문
시낭송
감상하기

QR 코드 　스마트폰으로 QR 코드를 스캔하면
시낭송을 감상할 수 있습니다.

　제목 : 늪마
시낭송 : 박영애

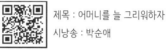　제목 : 어머니를 늘 그리워하자
시낭송 : 박순애

　제목 : 편지
시낭송 : 최명자

　제목 : 오라비
시낭송 : 박순애

　제목 : 개꿈
시낭송 : 최명자

시인은 자연을 이야기하고 시낭송가는 자연을 품었다.
글자는 날개를 달아 언어로 날고 소리는 자연에 눕는다.

별의 미소

염화미소를 띤 천사가
웃고 있다
웃음이 파문을 일으켜
온 방에 퍼진다

꽃들에게도 미소를 띄워준다
꽃들은 향긋한 향기로 인사한다
아기 천사가 내게로 오고 있다

아장아장
오금이 저린다

나는 움직임이 없는
석고상이 되어
그가 내게 붙어 있는 줄도 모르고
내 분신인 것을 알고서야
어느 별에서 왔는가를
묻고 싶다

사승(師僧)

중생(衆生)들이 찾고 있어요
심심(深深) 산골짜기

무릇 한 사람
아주 깊은 숲속으로 가셨다는데

조금 전 바위틈에 나란히 서서
볼일 보고 계셨던 그분 못 보셨나요?

무소유 하소서 그분 말이요

소나기

하얀 빗질
뱁새 걸음
홀쭉한 흰 몸살
밝힐 듯 지나가고

저 멀리
갈가리 숲으로
살풍경한 매서움
뾰족한 돌 새삼 돋는 볏*

빠른 걸음 초췌한
새끼 다람쥐
사방을 두리번두리번
어미를 찾는다

* 볏 : 닭이나 꿩 따위 두부에 붙은 빛깔이 붉고 시울이 톱니처럼 생겼다.

해탈

바위를 훑고 이파리를 싸안아
세월의 덮개를 만들고
온몸을 붉게 물들라며
낙엽 그가
해탈을 꿈꾼다.

푸른 나뭇잎 그대로라면
이룰 수 없는 구도자
햇빛 아래서
달빛 아래서 승겁들다[*]

드디어 깨달았구나
윤회의 고리에서 벗어나라
자유로운 상태에서 맘껏 뒹굴어라
해탈을 했으니 부처가 됐음이라

* 승겁들다 : 힘 안 들이고 저절로 이루다.

고귀한 삶

나이 든 사람이
어제 말하기를
노인이라면
서서히(徐徐 -)
죽을 준비를 해야 한단다

지금까지
의로운 일에 참여도 못 해 봤거늘

그 말이 이해는 가나
아직은 할 일이 많다
꼭 준비가 되라 하면
삶을 내놓기를 싫어해서
자꾸자꾸 죽으란 소리보다 더 무섭다.

하지만
어제의 나이 든 사람의 얘기가
심증은 가나 물증은 없다.

지금이라도 아무도 모르게
시체 놀이라도 해 보자
어느 날 자정에 잠자는 듯이
예행연습이나 해보자

고운 꿈

진줏빛 고운 볼에
꽃가루 뿌려놓고
홍조 핀 그 얼굴이
녹 주옥 빛깔이라
숲 속을 걷노라면 방향을 채우고
반딧불이 향연 하며 지나간다
이렇게 장관 해 놓고
나가려는 그를
보듬어 깍지 끼고
놓지 않았다

야근

월요일
저녁에 찍은 하루의 낙관
아무개들 모여서 열심히 공부할 때처럼
밤을 즐기는 삶

사표를 쓰지 않고
나를 사육하는 시간들

토끼 같은 자식을 끌어안고
잠이 들었을 아내

아침이 길든 나에게
한 올 한 올 졸음이 밀려온다

태양이 뜬다
텔레비전은 뉴스를 시작하고

밤새 용머리를 넘어온 나는
빙빙 도는 침대에 졸음을 묻고
꾸벅 꾸벅 박음질한다.

아내는

내 몸이 아프면
자식에게 짐이 된다
그 짐 되기를 피하고자
날마다 만 보씩(萬步) 걷는다.

배로 나를 품어주시고
젖으로써 나를 먹이시니.
(사자소학)을
지금까지도 실천하는 자식 사랑이다

미리 연락하고 내려오면
항상 명절같이 차려준다는
장남과 차남의 말

손주의 웃음소리를 채
음미할 시간도 없이
시간은 후딱 지나간다.

자식들 있을 때는
걱정할까 봐
꺼내지도 못했던 파스를 꺼내
어깨에 붙이고 끙 끙 앓는다

그래도 큰 꿈 없이
지금처럼만 이어갈 수 있다면
여한이 없단다

"자식은 엄마를 있는 힘껏
쥐어짜서 먹는구나"
말 한마디 했다가

어깨를 주무르는 내내
아내에게 혼쭐난다.

당신의 세월

그대는 늙어도
언제나 여왕이라
화무십일홍(花無十日紅) 이라지만
지난결 고매한
담녹색이 풍기는 미(美)를 품었으니
흰빛 향기는 세월의 보증이요
증표니라
문지르고 또 문지르면
청잣빛
무지갯빛으로 빛나리오

연인

가랑비 내리던 밤
물레방앗간
여인의 마음
밀회(密會)를 속삭이는
둘만의 환희
그들의 연민은
아직도 그대로인데
아침 햇귀를 맞으며
빨갛게 달아오른 그녀의 볼은
보석을 머금었네

몰래 한 사랑

덮어놓은 너를
누가 볼까 봐 몰래
액자 뒤에 숨겨 놓고
그래도 들킬까 봐
뜰앞
무화과 나뭇가지에 숨기고서
염려를 내린다.

너와 함께한 긴 세월
묵언으로 살아온 날
몰래 한 사랑
내 삶의 단지 속에 꾹꾹 집어넣었다가
나 홀로 선웃음 친다.

어느 날
너무나 보고 싶은 마음에 비명을 지른다

네가 나이고 내가 너일 때
숨어서 바라보고
또 숨자

아내여!

첫 번째 아내여!
기찬 묏길 숲 속에 이름 모를 작은 꽃을 보면서
엷은 웃음 지으며 좋아하는
그때 그 모습처럼
나를 사랑해주오 아내여!

두 번째 아내여!
자식 둘을 키우면서
생선 가운데 토막을 기꺼이 자식앞에 놓아두고
엷은 미소 지으며 좋아하는
그때 그 모습처럼
나를 사랑해주오 아내여!

세 번째 아내여!
어느 날 내가 허리 아파 끙끙 앓고 있을 때
측은한 얼굴로 지켜보며
밤새 허리를 주물러줄 때
그때 그 모습처럼
나를 사랑해주오 아내여!

나의 아내

나이 들수록 돋보이는 판도라
자다가 떡, 얻어먹을 아내의 말 한마디는
모두가 명언(名言)들

나의 거짓말 수준이
어린애처럼 비칠 때
끝까지 추적하는 명탐정 아내

아내의 잔소리에
내 귀가 울고 있다
귀뚜라미 소리가 난다.

골목길에서 시장길에서
아내의 그림자가 보인다
탁주 마시는 나를 몰라보고 지나간다
다행이로다

아내에게서 광채가 난다
상인을 보고 웃고 있다
나는 행복하다

다시 태어나도 내 맘대로
아내를 선택하고 싶다

어느 날
내가 사자(使者)에게 잡혀갈 때
아내가 발광(發光)을 내고 나타나
나를 구해줄 것이기 때문이다

소싯적에

독서 중에
귀뚜라미 한 마리가
책갈피에 앉았다가 뛴다
음마야~

"여보!
귀뚜라미가 나타났다
저기 벽에 붙어있네"

찰싹!!
눈이 휘둥그레진다

"살려서 밖으로 보내주지
그런다고 그걸 죽이세요?"

"당신이 잡아봐요 그게 잡히나
무슨 남자가 곤충 한 마리에
화들짝 놀래긴"

소싯적에 난

뱀을 발로 밟고

꼴른지(꼬리) 잡고

빙글빙글 돌려 패대기친 적도 있다

이제

아내의 눈이 휘둥그레진다

당신이

말도 안 된다는 표정을 짓고.

앉아 쏴

그렇다고 졸지에 아들 취급받는 건
체면이 안 선다

우리 집안에 말을 듣지 않은 아들이
셋이란다 나를 포함 해서
지금까지 화약고가 한군데 더 늘어난 셈이다

커피를 타기 위해 양재기에
물을 끓이다가 태운 적이 있다
그 이후로는 감히 얼씬도 못 하는 주방

느닷없이 화장실 화약고에서
폭발한다 펑~ 펑~

"둘째 너 이리 와봐
너 변기통에 시트 안 올리고 오줌쌌냐?"
아니라고 싹 잡아뗀다

"그럼 큰아들 너가 그런 거냐?"
그놈도 화장실 근처도 안 갔다고 능청을 떤다

비겁한 놈! 분명히 한 시간 전쯤
말 오줌 싸는 소릴 들었건만

이제 내 차례다 부르지도 않고
따다 다다 따발총을 쏜다

포위망이 내게로 점점 좁혀 온다
제대로 할 줄 아는 것이 하나도 없다느니
질질 흘리고 다닌다느니

아내가 진짜로 두 자식 앞에서 내 자존심을
구기 적 구기 적 구겨 놓는다
군대에서 백발백중 명사수였다면서
뻥 깠나 보지?

범인을 확실하게 확정을 짓고 하는 소리였다
그래 모든 걸 내가 뒤집어쓰자
자존 없는 남자가 되자

오늘부터 앉아 쏴 백발백중하고
확인 또 확인한다 샤워하고도
머리카락 하나까지 증거를 없애고 나온다

머지않아 범인은 잡혀도
앉아 쏴를 강요할 수는 없다
그에게도 장차 종족 유지 본능이 있다.

야심한 밤

나뭇잎 떨어짐이
어디 바람 탓이랴
별똥별도 하나 둘 떨어지고
귀뚜라미 울음소리에
앞산이 멀어지니
야심한 밤이로다

감잎 떨어지는 소리가
속삭이듯 들려 올 때쯤
호롱불을 끄려 하니 꽃이 시들어
심장을 파고드는 용광로는
몽상 찾아 헤매고

물오른 암괭이 울음소리
정적을 깨니
우호적인 밤은 밤인데
호랑 말코 같은 밤이로다

외로운 기러기

저 높은 곳을 날고 있는 기러기
밤은 어두워 캄캄한데

둥지 찾아가는 건지
임 찾아가는 건지 친구 찾아가는 건지?

묻지는 않겠다만 아라한처럼 보이는구나
날아가다 지치면 바람 속에서 쉬어가지

내 사는 것을 이실직고한다마는
조설항의 말대로
전문거호 후문진랑(前門据虎後門進狼)이로다

내 것을 고스란히 내던지고
너처럼 날아가고 싶다

눈코 뜰 새 없이 힘든 날을 보내며
떨꺼둥이*처럼 살고 있는데

거짓 없이 말하노니
나를 데리고 떠날 수는 없는가?

* 떨꺼둥이 : 의지하고 지내는 곳에서 쫓겨난 사람

딸 바보

이십오 년 전 천사가 내게 보내준
내 딸 은에서
보고 있으면 온몸이 전율케 하여 마비가 된다
저렇게 예쁜 애는 잠 속에서 무슨 꿈을 꿀까?

저만큼 예쁜 애를 생판도 모르는
놈에게 줘야 하다니!

나는 잠을 자면서 꿈을 꾸었더라
태양궁전 을밀대에서 딸과 노닐고 있는데
노략질 꾼들이 내 딸을 데리고 도망치더라

곤경을 무수히 겪다가
그놈들을 때려눕히려 애를 쓰니
한 놈이 건들건들 오더니만 나를
깔아 눕히니 숨을 쉴 수가 없더라
일어나려고 애를 쓰니 나는 분명코
가위에 눌린 것이다

"아빠!

아홉 시가 다됐어 회사 가야지?"

몽상이더라

딸에게서 볼에 뽀뽀를 받고 출근하니

햇살이 금빛이더라

어미는 고개를 돌리며 눈을 흘기고.

입에서 뱀 나올 소리

외할머니
막내 이모는 강아지를 샀는데 정말 예뻐!
같이 잠도 자고 정말 좋겠다

뭣이라 개하고 잠을 잔다고?
월자 걔는 시집도 안 가고 개하고 산다

뭐 개하고 뽀뽀를 한다고?
입에서 뱀 나올 소리

개가 주먹만 하다고?
그것이 몇 그릇이나 된다고 키운다냐

느그 할배 몸이 쇠약해지믄 개 키워서
잡아먹고 그랫재
한 열 마리쯤 잡아 먹었을껴

몇 달 전에 황구는 얼매나 맛있었다고
백구는 괘기가 달짝지근 했재

"할머니 무서워요"

개 짖는 소리가 무섭쟈
도회지에서 살다가
개가 짖어싼깨 무섭재
저것도 느그할배가 모레쯤 잡아먹을 거구만

"외할머니 나 집에 갈래"
애가 왜이랴 버스도 다 떨어졌구먼

침바위 전설

옛날 꼰 날에
중산 고개 빤질빤질 침 바위 하나

똥구멍이 찢어지게 없이 사는 집에
먹을 것이 없어 불쌍한 어린 애들은
뜰앞 바위만 핥아먹고 살았더라

한 달에 아이 하나가 죽어
거적때기 덮어 놓은 것을 봤더란다

어느 날
어미가 밭두렁 높은 데서
뛰어내리고 또 뛰어내리고
밤톨만 한 모태를 떼 내려고 그런 거지

먹을 것도 없으면서 그 지랄 한 것은
인간 본능의 기본 욕구만을 채운 거지
그러다가 애 배면 신의 섭리인가?

자식을 열 명 낳았는데
여섯은 배곯아 죽고 네 명만 살았더라

사람들이 길 가다 바위에 침을 뱉는 것은
어린 영혼이 배가 고파 침을 핥아먹는 거란다

그때를 거울삼아
지금의 사람들은 애 굶겨 죽일까 봐
그 짓 절대 안 한다지 아마

배롱꽃 사랑

태양은 홀로
하루를 보내고 산 넘어 일탈하지만

햇빛 먹은
배부른 배롱꽃은 밤의 대화를 준비한다

나는 달빛의 그림자에 포위당한다
이곳을 떠날 수가 없다.

굳이 마음을 드러내놓은 저 꽃과
헤어지기를 원치 않는다
분명 저 꽃은 나를 탐(貪)하고 있다

가슴이 쿵쾅쿵쾅 뛴다
아무도 모르게 슬며시 뽀뽀하고 싶은데
조심스레 다가가
팔을 잡아당긴다
녀석이 질투를 한다 얼레리꼴레리

까치 한 마리가 휘리릭 날아간다

저 녀석도 나처럼
팔을 잡아끌어 그러고 그랬을 것이다

임

내가 지금까지 사랑한 임은
나를 탐하지 않았고
그의 입술은
뜰보리수보다 더 붉었다

그의 고운 마음은
빛깔이 희다 못해
하늘에서 내리는 흰 눈 같아라

나는 지금 붉은 장미를 보았다
그의 입김은 오드트왈렛 향수보다 더
곱고 고와라

은방울 목소리로
나를 불러 줄 때처럼
그녀가 뒤에서 껴안아 줄 때면
심장이 멎은 채로
아무것도 할 수가 없었다

한 울타리 안에서
늘 그때를 그리는 임

오홍

가을
그 화려한 햇살로
지리산 피아골을 물들인 단풍

긴긴밤을 창가에서 기다리는
여인의 뺨까지도
붉게 색칠하려 합니다

옹기종기 모여 볼그레 미소짓는 인홍
온 세상을 붉게 타오르는 산홍
모자이크로 굽이쳐 흐르는 수홍

해맑은 산골 소녀의 볼에
묻어 있는 미소로
사홍을 그리고

꽃신 신고 아장아장 걷는
아기의 즐거움으로
오홍을 그립니다

춤바람〈밸리댄스〉

뭔가 쓸어버릴 듯한
적운이 감돈다

으스스한 서슬 바람
쓱~ 지나가고
가까이서 되돌아본다
정말 무섭다.

애써 외면한다.
과거의 일들이 몸서리치게 스쳐 간다

아내가 표정 없이 웃고 있다
저만치서
나의 현란한 생각을
비웃기라도 하는 듯이

연회장에 나가기 위해
퍼머넌트 한번 했을 뿐인데

어떠한 고난이 찾아와도
화려한 거리에서 싸이키 조명을 받고
나는 춤을 출 것이다

내 건사한 꿈
밸리댄스를 위하여

둘째

형이 상황극을 하면서 공룡과 놀 때
뒤뚱거리면서 달려가 쓰러뜨리는 훼방꾼

형이 그림 그리고 있는 크레용을 빼앗아
방바닥에 끄적이는 방해꾼

형이 응가 하고 있을 때
옆에 앉아서 안면에 힘을 주는 시샘 돌이

형이 가지고 있는 장난감을
한번 빼앗으면 절대로 놓지 않은 힘센 돌이

새로운 물건이 있으면
무조건 먼저 차지하는 욕심쟁이

모든 걸 동생에게 양보하는 배려심
하는 짓을 보고 있는 큰아빠 하는 말

고놈들 커서 뭐가 되도 큰 인물이 될 거야!

그때 그 소나무

여기까지 와서
보고 싶었다고 말을 할까
말 안 하고 그냥 갈까?

강산이 다섯 번이나 변했는데
푸르디 푸른 날에
노송 되어 혼자 서 있다니

잘못 봤을까?
아니
큰 바위 밑
그대로야

산허리 구름은 하나둘씩 흩어지고
능선 따라 불어 대는 바람도
내려가라 밀어 대는데

계곡 따라 흐르는 물은
아래로 또 아래로
연달아 흐르고

세월도 덩달아 흐른다
또 언제 올지 모르니
그래 한번 껴안아 주고 내려가자.

붉은 치마

하늘에서는 먹구름이 몰려오고
서풍
그가 와서 달려들어
그럴듯하게 뽀뽀하고

몽우리 젖꼭지
분홍색으로 부어오른다

추위에 떨고 있다.
애잔하다
어미가 팔을 흔들어 댄다

그가 또 달려와
간지럼을 피우며
더 붉어지기를 원한다
붉은 치마를 입는다

너 이름? 동백꽃이구나

불꽃놀이

그가 일하는 곳은 강둑 근처에 위치한다
삶이 어쩌고 인생이 어쩌고 그런 거 잘 모른다
그는 막무가내다

작업장에서 틈만 나면 휴대전화기 만지작거리는
그런 거 그는 못 참는다.
지금까지 살아온 이야기해 보라면
기억나는 것도 남아 있는 것도 없단다

검은색 안경 쓰고
굵은 기다란 철판
군수품 자동차 프레임 용접

불꽃이 사방으로 번쩍번쩍 온종일 불꽃놀이하고

하루 일과를 끝내고 집 근처 대폿집으로 향한다
막걸리 큰 사발로 쭉~

이제 쉴 곳을 찾아 골목길을 뚜벅뚜벅 걸어간다
이것이 그의 인생이요 삶이다

내 친구 그는 성은 김가요 이름은 공 팔이다

교통 할아버지

깃발 앞으로 옆으로
소리 없는 아우성

삑~ 삑~
다람쥐 쳇바퀴 세게 돌아간다

혼잡한 도시
좌우 살피고

아침 7시면 학교 앞 건널목으로 출근
물통 메고 스피커폰 들고

위반하면
"운전 똑바로 하라우"

비가 오나 눈이 와도 그곳에는 교통 할아버지
어린 새싹들 걱정에 마음 편할 날이 없다

위반 없는 그날까지 다람쥐 쳇바퀴
세게 돌아간다 삑~ 삑~

늙마*

며칠 전의 일들이
자꾸만 기억에서 사라진다
냉장고에서 리모컨이 나오기도 하고

오늘 보니
또 한 번 늙는다

하여
얼굴 가득
먹먹한 슬픔이 감돈다

인제 보니
돌아갈 수가 없는 시간
늘 그때가 그립고 아쉽다

미안하고 못다 한 아쉬움이 있다면
시 시 때 때
훌훌 털고 가잔다

제목 : 늙마
시낭송 : 박영애
스마트폰으로 QR 코드를 스캔하면
시낭송을 감상할 수 있습니다.

* 늙마 : "늙그막"의 준말

날아간 복권

꿈속에서
용이 여의주를 물고 내 품 안으로
와~ 이건 분명 태몽?
마누라님 옆으로 뽈짝뽈짝

"아니 이이가 왜이랴"

그럼 복권?

복권이 1등 당첨되면
일단 혁신 건방 똥차부터 바꾸고
또 전망 좋은 곳에 별장을 짓고
그리고 마누라님을 바꿔?
·
·
에라이 고라니 같은 금수만도 못한 놈
내가 잘못 봤지
착실하게 살아가는 것을 보고
꿈을 줬더니만.

정말 잘못했습니다
잠깐 정신이 나가 그런 못된 생각을.
다시는 그런 짓을 하지 않겠습니다

"됐고 나는 간다"

복권 신님 크리스마스 선물로
골목에서 파지 줍는 저 할머니에게 그 꿈을

"그건 네가 알 것 없다. 이 나쁜 놈아"

예 저는 그런 생각을 했다는 자체가
돌이킬 수 없는 나쁜 놈입니다
정말 죽을 죄를 지었습니다 복권 신님!

도전의 길

지금까지 잡초만 뜯어 먹고
여기까지 왔단 말인가 지친다.
뒤도 안 보고 거북이처럼 쉬지 않고
엉금엉금 온 것이
너무 멀리까지 와버렸다
다시 돌아가고 싶지는 않다
그럴 생각도 없다.
내 삶이 힘들었던 적이 한 두 번인가
목적지까지는 너무나 먼 길
우직하게 한 걸음 한 걸음 걸어간다.
바람이 세차게 몰아친다
이제 어디로 숨어야 한단 말인가?
그까짓 것 정면으로 부딪치자
지금까지 몇 번의 고비가 있었지 않았나?
어디 오뚜기처럼
쓰러지고 일어난 적이 한두 번인가
인제 와서 지치면 어쩌란 말인가
이 길이 내 뜻대로 내가 선택한 길인데
되돌아가라 하기 전에 미리 장막을 치자
도전의 길은 끝이 보이지 않지만
포기할 수는 없다고

넘치는 사랑

물수제비 여운에 사랑이 싹트고
누가 먼저랄까 내 마음 비워주네

사랑이 꼬리 되어
잔잔한 수면 위로 햇살과 함께 번진다.

사랑이 사랑 되어 사랑을 낳고
너에게 나뉜 사랑을 퍼 올려줄 두레박

한 바가지 두 바가지 퍼 올리다가 바닥이 드러나면
우리 사랑 켜 놓은 채로 잠깐 잠들어 있다가

사랑이 콸콸 솟을 때까지 기다려보자
그때 또 퍼 올리면 되지!

박꽃

어스름한 저녁에
희디흰 속치마를 바람에 날리는
너의 고고한 자태를 보면서
청순한 여인으로 지목하고
전율에 사랑을 느끼며
나도 모르게 눈을 감고 살포시 입맞춤을 했을 뿐

이제 와서 풀숲에 숨어 있다가
만삭이 되어 불쑥 나타나면
나보고
어떡하라고
쟤들은 또 뭐야?
왜 이리 만삭된 애들이 저리도 많아

뭐 호박벌의 아이라고?
고놈 순하게 생긴 게 힘도 세지
그럼 너는
내 아이라고 해!
통통 곧 순산하게 생겼구만

백일홍

살랑살랑 유혹의 눈길
너는 절세가인(絕世佳人)
너를 그리는 마음이 도를 넘는구나

내 영혼을 끌리게도 하는 너의 힘
이제 그만 놓아 주거라
너를 위한 모든 이들의 마음으로 피어라

너를 보고 있노라면 임 그리워 견딜 수가 없고
너의 고운 붉은 빛깔
세 번을 흠모하니 지칠 대로 지친다

흔들리는 내 마음
이제는 더 취한다면
너를 붙잡고 내 침대로 갈 수밖에 없구나.

어머니를 늘 그리워하자

모든 상황을 초월한 어머니
나라의 재상이 세상을 떠난 어머니를 그리워한다
감옥에 갇혀 있는 무뢰한이 어머니를 그리워한다

늘 나를 안고 있었을 어머니
보기에 아름다움이 있고 모든 아이에게 에워 싸인
내 어머니처럼 경애(敬愛)를 느끼게 하는 것은 없다

자식에 대한 어머니의 하례와 같은 사랑
어떠한 희생도 자식을 위한 것이라면 기꺼이
당신 몸 희생했을 등대 같은 어머니

당신 마음에서 내 마음으로 이어진 사랑의 금선(琴線)
한 여성으로서 중요한 사명 하나를 앉고 사신 어머니
그런 어머니를 우리는 늘 그리워하자.

제목 : 어머니를 늘 그리워하자
시낭송 : 박순애
스마트폰으로 QR 코드를 스캔하면
시낭송을 감상할 수 있습니다.

편지

도망치듯 살아온 인생
주름진 하얀 얼굴에
거무스름한 반점
앉아서 밤을 쫓고 있는 나에게
보름달이 다가와
내 그림자에 윤회를 쓴다

밤하늘에 박힌 별은
영롱한 보석처럼 반짝이고
내 슬픔 내 아픔
하룻날 모든 것 뒤로 미룬 채
가족에게 편지를 쓴다
굳이 유서랄 것도 없지만.

제목 : 편지
시낭송 : 최명자
스마트폰으로 QR 코드를 스캔하면
시낭송을 감상할 수 있습니다.

평안의 도시

황룡강 강변에 팔딱대는
잉어 떼를 본 적이 있는가

늘어진 버들 잎파랑이 햇빛을 머금어
푸름을 빛내고
돌 틈 사이사이 유구히 흐르는
수백 년 역사
샛강 줄기는 추억을 엮어낸다

어등산 등허리 돌고 돌아 다다른
백 년의 꽃대는
황룡강의 섬 송산 유원지로 향한다

이방인처럼 지나가는 나그네
강은 어등산이 감싸 안고
섬은 황룡강이 감싸 안는다

검게 줄 긋고 지나가는 저 잉어 떼를 보라
정말 한가롭지 않은가
수공평장(垂拱平章)에 파묻혀
수백 년의 사연을 담는다.

행복에게

뿌연 안개 걷힌 다음 날
이윽고 행복이 빛을 안고 찾아온다

늘 행복한 그대여
감사하게도 오랜만에 찾아주니
몸 둘 바를 모르겠습니다

가끔은 그대와 함께 하는 날
슬픔 따윈 잠시 잊고 삽니다
언제까지 행복하겠는가요?

오늘도 내일도 함께해주오
언제 떠나갈지는 모르지만

날 잊고 떠나갈 그대
나는 항상 모든 준비가 되어 있습니다

어느 날 내 곁을 떠나간다 해도
또 언젠가 그대가 올 것을 믿기에...

탄생

온갖 삼라만상(森羅萬象)이
용솟음치는 잉태(孕胎)에
세상 밖으로
모습을 드러내는 생명(生命)

춘삼월 호시절(春三月好時節)
개나리 목련꽃 피고
벚꽃이 팝콘 튀듯
피어오르는 아름다운 날

엄마의 산고를 엿듣고
알집을 열어
우리 가족의 축복 속에서
아가가 태어났다

w. 여성병원에서는
이미 갓 태어난 아가와
유리막 사이로
연신 웃음 짓는 가족들

꿈틀대고 탱글탱글
야무지게 하품하는 입
고놈 참
신기하고 예쁘다

크나큰 축복 속에서
아가를 둘러싸고
유리창 너머로 또미*를 부르며
환성(歡聲)을 지른다

건강한 모습의
아기엄마에게도 고맙고
또미가 건강하게 태어나줘서 고맙다
건강하게 자라거라 아가야~

* 또미 : 태명

보고 배우고

신발을 가르치며
어 어 어
밖으로 나가자는 소리

휴대폰을 가리키며
어 어 어
할머니 할아버지께
영상통화 해 주라는 소리

사용하지도 않은
기저귀 들고서 뒤뚱거리며
쓰레기통에 넣고 있다

첫돌 지난 아가에게
누가 가르쳤데?

빈 초가집

집으로 들어가는
길이 있는 듯한데
길은 없어지고 대나무 무성하게
하얗게 꽃이 피어있다

바람이 핥고 간 흔적들
숭숭 구멍이 나 있고
등이 굽은 노인처럼
기둥을 지팡이 삼아 버티고 있는 눈 덮인 초가집

부뚜막 걸려있는 솥단지
아궁이 속에서 추위를 이겨낸 유기견 한 마리
뛰쳐나오고
넓은 앞뜰에는 개망초 하얗게 꽃피웠네

마구간 여물통은 벌레들이 속을 파먹고
똥을 싸고 있다 몸보신 중인갑다
뒷간 옆 모과나무
하얗게 열린 모과가 주렁 주렁

발로 툭!
하얀눈 우수수 떨어지고
열매 없는 빈손만이 바람에 나부낀다.

우등생들

그들은
학창 시절에는
공부도 열심히 하였고
늘 우등생을 놓치지 않았다

아무나 갈 수 없는
민의의 전당
난사람 된 사람 든 사람이 모이는 곳

이제부터는
단체라는 조직에 갇혀
되는 일이 없다

상대편이 잘되면 배가 아프다
잘되기는커녕 조건을 걸어 반대만 한다.

상대가 누구라도 노골적으로 까자
그래야만 내가 뜬다

전입가경(轉入佳境)
그때와는 달리 좀 더 무식해야만
사는 길이 생길까요?

그럼 나도 한마디 합시다
당신들은 뭐 하는 사람들이요?
트레바리* 같으니라고

* 트레바리 : 이유 없이 남의 말에 반대하기를 좋아하는 사람

거시기

네가 시간이 없더라도
부고(赴告)를 거시기해 줘야겠다

네가 알다시피
어머니가 3년 전에 요양병원에서 거식하고 계시다가
오늘 아침에 거식하셨어야!

우리 친구들이랑 지인에게
거시기 좀 해라
동창 그것들한테도 거식해라

장례식장은 흑석 사거리 거시기다
거기서 거식해서 거식 할란다.

봄의 행진

버들개지 새싹
움트는 시냇가
고양이 발로 살금살금 걸어와
간지럼 태우고 가는 꽃바람

무색의 물안개
너울너울 나비춤 추네
꼬리를 흔들며
영벽정 걸어가는 푸들 강아지

봄을 달고
아지랑이 달고
화창한 하늘 햇살 달고
꽃바람 장단 맞춰
아장아장 걸어온다.

인생길

난(蘭)의 향기는
한곳에 앉아서도 천 리를 팔아먹고

기러기는 천 리를 날고도
어디쯤 왔는지를 모른다

태어나서 죽음에 이르기까지는
저승길이라는데

천 리도 안 되는 인생길
초연(超然)의 이름 모를 길이네

황의 정승을 만나다

그곳에는 황금빛과 은빛과 수정으로 이루어졌구나
사천왕이 가로막고 서 있는데
지국천왕이 한쪽에 칼을 쥐고 눈을 부라리며
나를 쳐다보신다.
발에는 마귀 한 마리를 밟고 계시는데
고놈의 마귀 고통이 일그러져 신음을 하고 있구나
나를 보고 구해 주라는 듯
저자세로 나오는 모습이 높으신 양반들이
비리를 저지르고 마스크 쓰고 휠체어 타고
법정으로 나오는 모습을 보는 것 같아 씁쓸하다
제석천왕의 호령 아래 신들이 체조를 하는 건지
춤을 추는지?
다른 곳에 가보니 얼굴이 네모난 사람들이 살고 있는데
그곳에는 표 말뚝이 무릉도원이라고 쓰여 있구나
아미타불이 사신다는 서방정토에 가보고 싶은데
사바세탁을 떠나기가 왜 이다지도 힘이 드느냐
그곳에 가보니 이승에서 좋은 일을 많이 하셨다는
황의 정승께서 보이신다
그곳이 하도 좋아 보여 우리가 사는 이곳이
너무나 어수선한 꼴이라서 한번 왔다가 가시라는
말을 못 하겠구나
그냥 잘 계시라고 큰절로 인사만 드리고 왔을 뿐이다.

그때는 그랬다

그때는 그랬다
장소 불문하고
돗자리 깔고 삼겹살 굽고
부부끼리 모여 앉아
야외에서 얘기 꽃을 피웠다.

기차나 버스 안
어느 곳 어디에서라도 담파귀*를
못 피는 곳은 없었다.
그래서 평균 수명이 60세 일 때도 있었다

하얀 서리 흩뿌리고 내려앉은
둥근 달빛 아래서
장밋빛 여인 그리고 사랑
깊은 밤의 숨소리가
덮칠 듯한 물레방앗간도 있었다

꼬불꼬불한 골목길이
그리운 기억으로 남아있다.

이삭을 줍는 황혼의 육십에서
많은 사람들이 생을 마감한다

그렇다 그때의 삶과 지금의 삶이 달라졌고
지금은 누구라도 삶의 질을 높이며
100세를 꿈꾼다

* 담파귀 : '담배'의 옛말

오라비

나는 오빠다
립스틱 짙게 바른
불야성 홍등가에서 콧소리 내며
오빠! 라고 불러도
꿈적하지 않은 센 오빠다

그 옛날
홍교 다리에서
한쪽 손 바지춤에 넣고
짝다리 흔들고 거들먹대던
그런 오빠가 아니다.

아내가
찬밥 한 덩이
식탁 위에 올려놓고 외출 나가고 없어도
냉장고에서 김치 꺼내
물에 밥 말아 먹는
내공 깊은 오빠다

제목 : 오라비
시낭송 : 박순애
스마트폰으로 QR 코드를 스캔하면
시낭송을 감상할 수 있습니다.

봄 일기

물안개 속으로 들어가는 어부
혼탁한 물속으로 몸을 숨긴 가물치

늪과 더불어 공생하는 왕버들
그 안에 둥지를 튼 딱따구리

초록의 융단 깔고 짝짓는 잉어
봄은 물속에서 시작된다

둥글둥글 가시련 밭에서
또 다른 모성이 알을 깨운다

일부다처제인 물꿩이
부부의 연을 맺으며 봄을 부른다

산골 노부부

깊은 산골에 사시는 노인이
가을을 짊어지고 올라오고 있습니다

바작 위에 올라탄 가을을
마당에 쏟아붓습니다

감 밤 사과 돌배 무화과 대추
노인은 한숨을 몰아쉽니다
푸~~

할머니가 한숨을 거둬갑니다
가을과 함께 부엌으로...

가을은 할머니 손에서 놀고 있습니다
그리고 쟁반 위에 놓인
가을을 얘기하고 있습니다

사립문을 열고
뛰어 들어올 손주 녀석들을 생각하며.

꿈속 동화

어머니와의 만남은
후림비둘기처럼 왔다가 갔습니다
고난에 직면하여 분투할 줄도 알기도 전에
내 이름 한번 불러주고
어머니는 내 곁을 떠났습니다
그 이름이 소박하여 깨끗했던 삶은
보리똥 같은 자식 사랑.
빨간 구슬 주렁주렁 열매 사이로
한 바퀴 돌아 어머니는
나비 되어 날아갑니다

겨울에 피는 장미

느닷없이 피어난 저 꽃은 나만 봤을까?
어제는 골목길에 개나리가 몇 개 피었다
서슬 퍼런 칼바람이 불어 대는 날에도
장미가 피었다
그도 부끄러운 듯 몸을 비튼다

혼돈의 방황 길에서
홀로 돌아보는 방랑의 세월
화려하지만 보아주지 않은 날들
여름에 피워야 사랑이라 했던가?

뚫어져라 쳐다보는 나도 너도 침묵만 흐른다
안쓰럽지만 언젠가처럼 마음은 설렌다
파르르 떨고 있는 너를 부둥켜안자니
내 마음이 가없는 건 어쩔 수가 없구나

정체 모를 향기 느낌 없는 눈빛 아

첫날 밤

쓿은 쌀 속 뉘를 고르는 할머니
열일곱 사랑을 줍는다

사랑이 홀로 찾아드니
생경한 바람이 길을 안내한다

흰 눈꽃 송이 소복이 싸인 혼행길
옥비녀 빼주던 그 날 밤

봄꽃

푸릇푸릇 잎새를
총총히 걸어온 밤
바람결에 씨앗을 품었다

암 수술의 연정을 품은
간절한 동경

한 알 동 불쑥 돋아나
피어난 꽃이
이토록 아름다울 줄이야

가없어라

엄마!
토요일 오후 때쯤
내려갈 거라 했었는데
이 칼바람 추위에
몸뺴옷 입고
기찻길에 미리 나와
아침부터
기다리지 마세요.

그렇다

뱃전에 몸을 기대고
옴짝달싹 못 하는 파도
지쳐 있는 파도를
거센 바람이 부추긴다.

술 취한 태풍은
백 년 된 소나무와 씨름한다.

팔 짚고 빙빙 돌아가는 파도
터널 속에서 바람을 잠재운다.

바람이 지나간 자리
파도가 지나간 자리

바람 불고 파도치듯
삶이 그럴 때도 있다

행복 찾기

행복이 찾아오나 싶으면
또 다른 조건이 길을 막는다

행복은 여기서 오고 저기서도 오고
당신 옆에 와 있으면서도 모른 체한다

사람들은 어쨌거나 확인을 하려 든다
복권 당첨이 행복처럼.

파랑새를 꿈꾸는 당신께
덩그러니 다가온 행복이 보이질 않는다

행복해지고 싶다면
가만히 옆을 보라

지금 당신은 행복과 함께 걷고 있다
이제 어깨동무하면 된다

자아

수컷은
혼자 노는 연습이 안 되어 늘 외롭단다
그래서 여우 숲이 필요한가?
사랑의 속삭임을
네게만 들려주고 싶다는 흰 눈
바위를 끌어안고
처절하게 살아가는 느티나무
무거운 갑옷에 짓눌려 잘못 깎아놓은 목각 같은 나도
하루하루 사는 것이
행복하거나 불행하거나 한 끗 차이다
자기가 할 일을 알고 있는 것도
나보다 더 근육이 직업적이다
원시적인 디엔에이가 나를 깨운다
붉은 태양은 자드락길을 걷더니
꼭대기 바위틈에서 쉬어간단다

나는 한 여자만을 사랑하고 있었다
그것이 연민이든 운명이든 상관없다
입이 간지러워
사연 있는 내 얘기를 가끔 끄집어내
공기를 쏘여주고 싶다
자아 인식이 현실과 다를 때 위험하다 했던가
하늘에는 실루엣이 참으로 아름답다
거짓 없이 홀라당 벗은 내 몸을
바람이 스르르 더듬고 지나간다.

고독

낮달처럼 외로운 일은 없을 터
내 입에서 속삭임처럼 나오는 소리
"누구나 외로울 수는 있지"

한때 슬픔과 기쁨을 나누었던 삶
주변을 아름답게 품앗이하던 날
어울림이 있을 때 아름다웠지

나뭇가지에 걸쳐 구슬피 우는 바람
흙내마저 없어진 쓰레기장 시궁 어귀
시간을 닫아놓은 폐교 유리창

밋밋한 것들에 대하여
밤도 혼자일 때 울음을 참는다
고독은 혼절한 시간이 핥고 간 자리

아버지의 손

나란히 걷다가도
소똥을 보면 손으로 주워
논밭에 던지는 아버지

굳어진 손가락에
아버지란 이름의 노동
닮아갈 수가 없는 그 무엇

궂은일을 도맡아 하시느라
골이 깊게 파인
신념이 응어리진 고집스러운 손

주먹을 펴면
오곡백과가
아버지의 손아귀에 있다.

동생에게

시리게 느껴지던 밤
시간을 되돌려달라고 기도하고 있었다.
오랜 시간 혼수상태에서
눈만 깜박거리며
밤을 지새웠을 너의 여명이 눈에 선하다

가장 힘들게 중얼거렸을 대사
"아주머니 고마워요"
·
·
그동안 너무나 많은 도움 주셔서 감사합니다
내 동생이 그래요
오랜 세월을 혼자 지내다 보니
밥이랑 김치랑
따뜻하게 대해주면 오랫동안 못 잊어요

둘은 좋은 결말은 아니었나?
천국에서 때때로 돌아볼 선한 얼굴
네가 죽은 줄도 모르고 너의 안부를 묻더라.

까마귀 날자 배 떨어지다

먹다가 반쯤 남은
술 냄새만 맡아도 취할 것 같다

얼마나 속이 문드러졌으면
그걸 다 마시지도 못하고 꼬꾸라졌을꼬,

밤이 깊어가는 둘만의 시간
한쪽이 죽었어도
다른 기러기와는 짝짓기를 하지 않는다

해남댁을 지키고 있는 날파람둥이
그이가 이리저리 빠대다가 돌아올 시간이다

그럴 거면 다시는 오지 말라며
외상 술값부터 외고 있다

문 닫을 시간 자시(子時)
술에 취해 비틀거리는
남자를 부둥켜안고 막 일어서는 순간

어느 수녀님의 사랑

누어서 똥을 누는 할머니
그 똥을
말끔히 치워주는 수녀님.

그렇다
사랑은 너무 쉬워서
아무나 할 수 있는 일이다

쉬운 사랑의 조건은
희생적인 헌신만이
고귀함을 안다

너무나 아픈 사랑은
사랑이 아니란다

끝없이 아름다운
그녀를 만나고
한뉘를 물으며 고개를 숙인다

그렇다
사랑은 너무나 쉬워도
아무나가 할 수 없는 일이다

어머니 닮은꼴

장모님께서 하시는 말씀
자네는 장가 잘 왔어!

꽃피는 봄이 오면 가실 거라 했다
영혼을 불러 떠나가는 새벽

띄엄띄엄 한 걸음씩 옮겨가는 희뿌연 안갯길
검은 갓을 쓴
저승사자가 장모님을 모시고 갑니다

고춧가루보다 더 매운 시집살이
벙어리 3년을 지키셨지요
그리고 아픈 마음 조용히 내려놓고 가셨지요

근데 아내가 부엌에서
찬밥 한 덩이에 물을 말아 먹네요

스스로 그리고 있는
장모님 닮아가는 자화상

천연하게 버티는 아픔
그리웠던 것들이 더 아프답니다

그래요 잊음과 그리움은 닮아가면서
그렇게 아픈 환영으로 남습니다.

추억

궂은비 내리던 날
꽃 비 타고
회색빛 하늘 빗물 사이로
추억 하나가
떨어집니다.

우산 끝자락에
또르르
골목길 대폿집으로
추억 하나를 앞세우고
그 뒤를 따라갑니다.

불경 소리

이마 주름이 약간 파인
몹시 화가 난 얼굴로
내 앞에 깡마른 솟대가 서 있다

아침을 여는
긴 시름을 지우는 흰빛 머리에 대고
불경을 왼다

안방에 불은 끄고 나오고
장판은 껐는지 확인하고
시트에 오줌은 앉아서 싸고

관세음보살
수컷의 본능이니
영역 표시가 되었나?

근데 팬티에 누가 물을 뿌렸지?
갈아입고 또
불경소리 내 뒤를 따른다.

미꾸라지 승천

세차게 쏟아지는 소나기 따라
승천을 꿈꾸는 미꾸라지

몇천 년을 그렇게 포기하지 마
진짜로 승천하여 용(龍)이 될지도 몰라

거센 바람을 타고 하늘로 승천을 꿈꾸는
미꾸라지.

아무리 용트림 써봤자 집시랑에 바둥거린다
용이 용 되지 미꾸라지가 용 될까

또다시 횃대 밑에서 바둥거릴 거면
쓸데없이 오르려고 용쓰지 말란 말이다.

고문 기술자

만성피로 증후군..
만신창이 심신이 지쳐 있다
하룻날 나를 내 던진다

등을 뜨겁게 달구고 장금이가 내 몸에
침을 꽂으며 마각을 드러낸다

독립운동을 했냐고 묻는다
도대체 무엇을 알고 싶은 건가
마녀사냥 확실치 않아도 그런 느낌?

꽂은 침에 전기를 연결해
전기고문 강도를 높인다
독한 여자 전기고문 기술자

잔인한 고문 의자에 앉힌다
뒤틀리며 쥐어짜는 뼈마디의 비명
침대에 눕히더니 봉으로 등을 치고
발에는 고문 장화를 신겨 비틀어 짠다

물침대에 눕혀 다리 끝에서 머리까지
물대포를 쏜다
걸프전의 융단 폭격이다
3일째 고문받던 증후군
고문에 견디지 못하고 죽어간다.

홀로 핀 꽃

언제까지라도 홀로 가는 길
유난히도 달빛이 밝다
홀로 핀다는 건 슬픈 일이다

달빛 옆에서 지키고 있는 별빛이
유별나게 반짝인다
사랑이다

어두운 밤 촛불과도 같은 것
청춘 별곡이 있었듯
한때는 목련꽃도 눈물을 삼켰다

첫서리 내리던 날
뚝길에서
우두커니 먼 산을 쳐다보는 저 여인

바람은 꽃씨를 업고 달리고
홀로 핀 꽃은 슬픔을 참고 있고
혼자인 여인은 감동하여 운다.

시니어 인생

달콤한 우유 거품 사이로
비비고 들어갈 해탈의 자리
몸통을 붙잡고 있는 낙엽 하나가 탈락한다
땅에는 기고한 사연들이 똬리를 틀고 앉았다

참새떼 목욕하는 따가운 가을 햇볕
스멀스멀 쳐들어오는 삶의 무게
시퍼런 작두가 날을 세운다

나를 채근하지 말고 내 몸을 불태워라
사리가 바리바리 달려 있다
눈만큼 게으른 게 없다더니
남의 참견 말고 제 발등에 불 크지.

지나간 소낙비에 벼락 맞은 오동나무
둥둥거리며 울고 있다

부처가 따로 있냐
지난날 땀을 뻘뻘 흘리며 된더위와 놀아볼 양이면
묵묵히 일하는 내가 부처인 게지

골목길 허리가 휜 파지 줍는 노인네
손수레가 넘친다
소금 저린 티셔츠가 지난날의 아픔을 딛고
난 언제 어디서라도 떳떳하다

명세서

어디가 많이 아프당가?
왜 히마리가 없어!

언젠가 힘 없을 때면
생고기 먹으면 조금 낫다면서
고기를 사서 먹지 그래
밤늦게 퇴근하면서 생고기 파는데도 없을 것이고
혼자 사서 먹으면 되지
사주기 바라지 말고
.

.

이것 좀 보시오
뭐가 이렇게 많은 돈이 나왔데요?

며칠 전 노래방 카드 명세서다
할 말을 잃었다
변명을 하긴 해야 하는데..
슬그머니 현관문을 빠져나온다

생고기가 아니었구면
또 요놈의 힘든 시간
며칠을 갈지 모르겠네

날고 긴다는 사람 위에서 노는 사람

선배 한 분이 정년퇴직하고 몇 년이 지났다
산에 다니기도 지겹다며
어디 일할 곳 있으면 알아봐 달란다

자연을 즐기면서 살아가시라고 말은 했지만
"언제 내가 놀아 봤어야지!"
선배님 말씀이 코끝이 찡하다.

머지않아 내게 닥칠 일이다
마음의 여유 없이 살아온 건 사실이다
기는 사람 위에 나는 사람
그 위에 노는 사람이 있다지 않은가

이만큼 했으면 이제
자연 속에서 즐기며 살아보자
그런 마음의 여유조차 없이 살아온 나를 뒤돌아본다
이제 날고 긴다는 사람 그 위에서 놀아보자.

낙엽의 초연(超然)

동풍 바람에 낙엽 팔랑거림이
조용하다 흔들리다 요동을 친다

그중 몇 잎 떨어지며 정적이 감돈다.
남은 이파리 그들은 연주를 시작한다.
초연에 이터널 러브

무르녹다가 자연현상 그대로를
베토벤 운명 교향곡 1악장으로 시작한다

딴 딴 딴 따~

경탄이 새롭다 바람아 불어라
더 세게 불어라
비장함 격정으로 치닫는다 딴 딴 딴 따~

땅바닥에 나뒹구는 낙엽들은
베토벤 교향곡 5악장
운명을 끝으로 막을 내린다.

첫 통화

아빠가 전화했는데 바꿔 달래
받아 봐

"아들! 오늘 어린이집에서 뭐 하고 보냈어?"
"또방고욱"
소방교육을 받았다고 잘했어!

"누구랑 했어?"
"띵구"
친구들이랑 교육받았다고 잘했어요

군더더기 없는 첫 통화
듣는 엄마는 흐뭇하다
남편과 아들의 첫 통화는 성공적이다.

축원(祝願)

황새야 뱁새야 목을 뽑고
날갯짓하며 춤을 추어라
서울에서 재주까지
흐트러짐 없는 춤사위를 추어라

이곳저곳 눈치꾼들아 눈을 떠봐라
온 나라 방방곡곡에 우리 조상님네들
예쁜 말 한마디 뿌려 주소

이 나라 삼천리 무궁한 전설을 이뤄낸
단군의 자손들이여
역사책은 두터워 지고 하늘은 청명하니
누굴 위한 뿌리 나누기도 그만 하소
이 나라가 그리 어수룩해 보일까
이 나라가 그리 물러 보일까

피맺힌 눈물들이 곳곳에 뿌린 역사
아버지의 쟁기질과 삽질
어머니 젖가슴이 부르트도록 일궈낸 이 땅
한 맺힌 우리의 땅이고 우리 자손의 뿌리

아침이 있는 나라 점심은 힘이 있고
저녁은 꿈을 꾸는 단정한 나라
우리나라 좋을 씨고.

손주 바보

며늘아기가
내가 근무하는 사무실에 손주(정은호)를 데리고 왔다
제일 좋아하는 커피(카푸치노)를 한 손에 들고서
"할아버지 은호 왔어요" 하는데 눈물이 핑 돈다
센터에 갈 시간이 되어 빨리 가야 한단다
"할아버지 은호 갈게요" 하니 또 눈물이 핑 돈다

차 안에 공룡이 있었는데
그걸 잊고 꺼내주지 못한 게 못내 밟힌다

손주가 수요일, 목요일 날 센터에 가는데 태우고 다녔던
할아버지 자동차 안에는 항상 장난감 하나씩 들어 있다
손주의 기대치를 충족시키기 위한 할아버지 바보의 배려다

우리가 사는 집과 아들이 사는 집은 한 300m 정도다

이쁜 며늘아기가 날마다 직장에서 상사께 보고하듯
영상 통화로 손주의 일과를 알려준다

내리사랑 둘째(정은준)는 아직은 2살이지만
'쾌지나 칭칭 나네' 음악 소리만 나오면 온몸을
꿈틀꿈틀 오구 오구 양손을 올리고 춤추는 모습이 귀엽고
사랑스러워 휴대폰 영상에 담느라 바쁘다

할머니를 좋아하는 녀석들
큰손주가 할머니 안아주시라고 하면
둘째가 줄 서서 자기 안아주라고 떼를 쓴다.

손주들이 좋아하는 소시지와 생선 반찬을 항상 해주면
"아~ 맛있다" 의성어로 감탄하면 할머니는 좋아하신다

할머니 할아버지 큰아빠 사랑
외할머니 할아버지 삼촌 사랑까지 듬뿍 받는 손주들
지혜롭고 건강하게 커 주기 바란다.

* 자식 자랑은 팔불출이고 며늘아기 자랑은 오지랖, 탓이다

태양을 삼킨 용

온몸을 불사르고 지쳐 있는 태양을
덥석 한입에 물어버립니다

한 마리의 커다란 구름 용이
노을도 삼켜버릴 것만 같습니다

불덩이 석양을 꼴깍 삼켜버렸습니다
몸속으로 이글이글 타들어 갑니다

여의주를 삼켜버린 용은
꿈틀꿈틀 용트림합니다

꼭꼭 씹어 피를 흘리던 용이
가까스로 어둠 속으로 숨고 있네요

부모 사후(死後)

어머니 생은
나이 마흔셋에 액자에 갇히셨다

아버지 세월도
육순에서 멈추셨다

빛바랜 흑백 사진은
시골집 윗목 천정에서 긴 세월을 보내신다

오랫동안 늙지도 않으시고
틀 속에서 잠드셨다

이제
휴대전화 속에서 영면(永眠)하신다

미투〈 고백 〉

지나간 얘기를 고백하고 있다.
이해해 준다는 말에 속지 말자

기억의 촉수를 더듬어
어디까지 얘기할 것인가
반갑게도 옷깃을 끄는 당신은 누구인가

별빛 촉촉이 미리내를 건너간
추억을 끄집어 내보란다
마주 앉아 먹은 술이 아무리 취했어도 그렇지!

내 기억 속에 언덕은
거센 바람이 늘 추억을 업고 달린다
고향의 밀밭에 켜켜이 두고 온 추억들
그녀와의 소년 시절, 오늘은 무슨 일인가
모두를 털어놓고 있지 않은가
그것도 내 입으로..

"여보! 젊은 날 당신의 추억은 없어요?"
"나는 그런 추억 하나 없어서 미안하네요"
재밌게 듣고 있다가
빨갛게 얼룩진 요괴가 나올 것 같은
아내의 눈을 보는 순간
시어머니 싸늘히 흩고간 눈초리였다

어쨌거나 지금은
기억이 나지 않은 일이고
모르는 일이다.

키스의 신

그녀의 속눈썹이
얌전히 잠겨 있는 눈가에
키스를 하고 싶다

네온 빛 가로등 아래서
애인과
찐한 키스 할 때

요즘 사람들은~

이런 말을 의식하고 망설였다면
그것은 키스에 대한 예의가 아니다

만약에 달콤하지 않게 입맞춤을 했다면
그것 또한
키스에 대한 예의가 아니다

애정 표현
최고조의 짜릿한 감정을 품고 몰입하지 않았다면
키스를 포기해야 할 터이다

그렇다
내 모든 걸 다 줄 수 있는 한 사람에게
뼛속까지 부서지는
예의에 벗어나지 않은
달콤한 키스를 하자

공공의 적

2심 집행유예 법칙을 아시나요
유전무죄 무전유죄는 진행 중입니다
자기들이 뭐라고 횡포를 부리나요

있는 자는 갑 노릇 해도 괜찮답니까?
어디, 돈 없는 사람은 서러워서 살겠나요?
조폭과 재벌의 차이가 궁금하네요

잘못을 한 사람은 저 사람인데
원 없이 두둘겨 패주면
맷값은 얼마 주면 된답니까

모두가 한이고 눈물인데
이제 그만들 합시다
맷값은 장발장 은행에서 대출해 줄게요

춤바람2

골목길 낡은 전신주가
어두운 갈대밭을 뒤로한 채 멀어진다.
또 다른 전봇대에서 주위를 살핀다

부나비 곤충이 멀리 날지도 못하고
부동 깃을 한다.
프로는 흔적을 남기지 않는다는데

지인들의 스미는 소곤거림을 전혀 알 수가 없다

초저녁 노을이
그녀의 마음을 팽팽히 전령한다

싸이키 조명이 반짝이는 유희장
까치발로 걸어가는 카바레에 도착해서야 안심한다

그녀는 그렇게
내울 안에서 한 남자와 자리 잡았다.

여름나기

태양은 이글이글 불을 지핍니다
바다는 부글부글 끓습니다

뜨거운 곰탕에 소주 한잔 들이키며
땀을 뻘뻘 흘리는 연인들

얼음 동동 띄워 시원한 냉국을
연신 들이키는 노부부

여름에서만 느끼는
뒤꼍 우물가 목물 소름

남원 광한루 금붕어가
한가로이 그림을 그리던 날

삼복의 폭서
그들의 여름은 즐겁기만 합니다.

영원한 단짝

내 마음 안에 그가 숨어 있다
그도 그가 누구라는 걸
굳이
말하지 않으리라는 것을 안다

보이는 곳과 보이지 않은 곳에서
그가 나를 불렀다
분명히 나를 사랑한다고 말했다

고추 먹은 소리*는 하지 않는다
우리는 서로 좋아하면서도
표현하지 않을 뿐이다
하지만 서로 사랑하고 있다는 걸 안다.

말은 하지는 않지만
성엣장* 흐름으로 살아간다

길을 걸을 때
나는 앞서 걷고 그는 뒤에서 멀찌감치 나를 따른다

우리 둘은 여태껏 그래 왔다

* 고추 먹은 소리 : 불만스러운 투로 하는 말
* 성엣장 : 물위에 떠서 흘러가는 얼음덩이

107

짝사랑 전설(상사화)

쏟아지는 밤하늘 별빛 아래
그는 주홍빛을 택했다
붉은 비늘 파닥이며 꽃과 잎이
서로를 그리워하는 상사화,
먼 그리움 끝에 모래톱 사연을 닮는다

긴 목선을
가느다란 촉수로 허공에 뻗쳐
에움길 그리움으로 뻗은 꽃술
얼마나 아파야 검붉은 핏빛으로 피나
발가벗은 꽃대에 핀 몽우리
그 애절함
이루지 못할 사랑의 열병

그때 그 얘기가 실화였을까?

원인과 결과

모든 결과는 내가 원인이다
한때는 나도 협기가 있었다
지금 생각해보면 쓰잘머리 없는 일이지만

내가 운전하는 인생 열차를 타고
내 뜻대로 달렸다 치자
말과 행동을 앞세워 내뱉은 흔적들
온데간데없고
말 없는 그이만 덩그러니 앉아 있다
잘 피어 있던 아름다웠던 꽃이 시들하다.

울컥 비린내 나는 그때 그 사연들
내 속에 있는 토악질
꺽 내뱉고 있다

세월이 흐르고
내 과거의 것들이 그이의 가슴 속에 찔린 그대로
가시로 박혀 있을 줄이야
이제 비틀거리며 꺼내 보이고 있다

까맣게 잊고 있던 사연들이
나를 붙잡고 이제 빚을 갚으라 한다.

아버지의 모습

내가 나를 알고 있다
누구보다도 나 자신을 너무나 잘 안다
그러나 모르는 게 한 가지 있다
땅의 진실을 아버지만큼은 모른다.

24절기를 다시금 되뇐다
인간의 생각은 자연 앞에서
얼마나 미약한 존재인가?
그냥 뿌리고 거름 주면 되는 줄 알았다.

아버지가 그러셨다
논이나 밭의 곡식들은
농부의 발걸음 소리를 듣고 자란단다.

논 귀퉁이를 걷는 하얀 백로
뚜벅뚜벅 걷는 모습이 아버지를 닮았다
찌물쿠*는 날씨에 잡초, 피를 뽑는
아버지의 모습이 거기에 있다.

* 찌물쿠다 : 날씨가 물체를 푹푹 쩌서 무르게 할 만큼 매우 더워지다.

사모의 정

하얀 꽃잎 떨어지는 꿈속
육감의 꽃송이 꿈길에서
끝없이 어둠의 길을 걷고 있다

꿈속에서라도
보고 싶다는 간절함
어머니 만날 길이 이 길인 가요?

어머니 계신 곳 저 하늘 끝
밤하늘에 펼쳐진 저 먼 곳
미리내 다리 위를 걸어왔습니다.

눈사람

눈썹을 숯덩이로 붙이고
담배 한 개비 꼬나문다

옆에 앉아 있는 꼬마 눈사람
콧수염이 나 있는 걸 보고
화들짝 놀랜다

바라는 희망이 깨지고 만다
눈썹이 치켜 올랐다
잔뜩 화가 난 얼굴로

털을 곤두세운 놀란 고양이
앞발을 들고 두 발로 걷는다.

고구마

초가지붕 굴뚝,
모락모락
사랑의 연기가 피어오른다

아궁이 속에서
뜨거운 사랑을 불태우는
군고구마

따뜻한 온돌방
노부부 서로가
검정색 립스틱 바르고 있다

뒤집기

아기 천사
하늘 날기 며칠째
열심히 날아봐도
온 가족의 기쁨의 날갯짓으로
웃음꽃을 피우다가
생애 첫 도전이라는 뒤집기의 하루

태어나 백일 되던 날
축하를 하기 위해 온 가족이 모였다
조용한 가운데 뒤를 보니
바둥바둥 뒤집기 성공!
와~~ 은준이가 뒤집었다

하늘을 보고 지는 것처럼 하다가도
바로 뒤집어 이기는 형세로
바꾸는 최고의 기술이다

이제 엄지손가락은 입으로 들어가 빨고
고개는 땅바닥에 들이대고
꿈틀꿈틀
발로 몸 전체를 밀기 시작한다

스스로 할 수 있는 가장 첫 번째
세상 어려움과
처음 맞닥뜨리는 순간이다
온 가족은 흥분의 도가니다
그래 모든 도전이 오늘처럼 성공하길...

사랑 2

내 침대에서
사랑의 굶주린
쪼르륵 쪼르륵 소리가 나요

밥, 그릇에
사랑으로 잘 비벼진
붉은 치마를 입은 당신이 보여요

파란 하늘 배경으로
파룻파룻 나뭇잎
바람처럼 흔들려요 .

아주 작은 사랑의 공간으로
옥문석처럼 다가오는 숲에서
나는 코뿔소처럼 돌진해요

깍지끼고 서 있는 우리는
네가 나이고 내가 너일 때
버무리며 섞여가고 있어요

산타가 된 아빠

자 어린이 여러분
오늘은 크리스마스이브 날입니다
깨끗한 양말을 머리맡에 두고 잠을 자세요

산타할아버지 방울소리가 아름답게 울리면서 찾아와
착한 어린이에게 선물을 드립니다

그때 그 무렵에도 희망은 높았고 빛났습니다
올해도 산타가 왔습니다

자정이 넘어서 잠이 든 아이
아빠 산타를 더 많이 기다리는 엄마 산타

루돌프 코가 되어 양손에 선물을 들고
리콜라스 흉내를 내는 아빠

조심조심 고양이 걸음으로
더욱더 색다른 선물을 양말 속에 넣는 순간
눈을 똥그랗게 뜨고 일어나는 일곱 살짜리 아들

55년 전 이야기

그때는 도깨비가
집단을 이루고 살고 있었다
아버지가 5일 장날
저녁 시간까지 술을 잡숫고
돼지고기를 짐바리 자전거에 싣고
산 중턱을 오르는 길에
자꾸 뒤에서 잡아당기더란다 도깨비가,
그러니까 자전거 체인이 벗겨진 줄도 모르고
그래서 한판 뜨게 된 거지 도깨비랑,
밤새 싸우다가 승부가 나지 않아
왼발을 잡고 볼 깡 들어 올려
소나무에 매달고서야 승부가 끝이 났었는데
도깨비랑 싸움을 끝내고
자전거만 어깨에 메고 오셨더라
명절을 쇠고 난 며칠 후
이웃 동내 형들이 하는 말,
나무하러 산 중턱을 오르니
포대에 담겨진 돼지고기가
소나무에 매달려 있기에 동내 청년 모두가
사랑방에 모여 삶아 먹었다지. 아마

개꿈

어둑한 밤이다
불량배 셋이서
내게로 다가온다.
그들은 막무가내로 나를 죽이려 든다
나는 각목으로 휘두르며 사력을 다한다 살기 위해서
각목에 맞아 죽었다 싶으면 다시 일어나 덤빈다
나는 건물 옥상으로 뛰어오른다
이제 더 도망갈 곳이 없다
옥상에서 다른 건물로 날아간다

얼마만큼 도망가다가 그들을 따돌렸다 싶었는데
그들이 언제 따라 왔는지 또 덤빈다
아내가 나타나 캣우먼 흉내를 내면서 그들과 싸운다
그들은 끝내 도망을 친다
한 놈이 뒤에서 내 목을 조르고 있다
캑 퀙, 숨이 막혀 죽을 것 같다
눈을 번쩍 뜬다
아내 한쪽 팔이 내 목을 누르고 있다
눈을 뜨니 꿈이다.

제목 : 개꿈
시낭송 : 최명자
스마트폰으로 QR 코드를 스캔하면
시낭송을 감상할 수 있습니다.

가는 귀

오래전에 한 번 죽은 적이 있다
막내 고모가 나를 죽였다
꿈속의 환영이라는 걸 모르고 소문을 퍼뜨린 것이다

시 제날 봉분에 절을 끝낸 친척들
나는 오래 살겠단다
말로만 듣던 벽칠,

바로 밑에 동생이
큰 형님과 통화를 한다

"장인 어르신이 운명하셨어요"
"뭐 작은형이 죽었다고?"

형님은 어떻게 죽었냐고 묻지도 않는다
광주를 향해
엑셀레이터를 세게 밟을 뿐,
동생을 죽인 그 누구를
죽일 기세다

만나는 순간 푸~~ 한숨을 쉰다
오신 김에 귀가 좀 잘 들리게 보청기를 합시다
응~
"보성 가는 길이 뻥 뚫려서 거기로 가면 돼!"

조심히 운전하세요 형님!

* 시골에 사시는 형님께서 가는귀가 먹어 작은 소리를 잘 알아듣지를 못해
  동문서답을 한답니다.

금줄

허리 굽은 산파 할머니
구 불 텅 비탈진 고갯길 힘들게 오른다
세월이 쉬었다가 간 자리
쪼글쪼글 호두 얼굴
미역 한 가닥 짊어진 봇짐,
재 넘어 큰 대문집
내 손으로 받아낸 자식, 또 그의 자식

넓데한 돌에 앉아 순산 날짜를 손꼽는다 .
아비 개가 태어날 때는
밭일하다가 전갈받고 뛰어갔었는데
이제는 하루 전 소식 받고
세월과 함께 쉬엄쉬엄 가는구나
귀한 아가와 첫 만남을 꿈꾸며

핏물이 뚝뚝 떨어지는 태반을 질그릇에 담고
장독대 정화수 떠 놓고
훌륭하게 커 달라고 빌고 또 빌며
뒤뜰에 태반을 묻고서야 대문을 나선다

빨간 고추를 꽂은 금줄(禁-)이 쳐진다.

쪽지

자동차 운전석 유리창
쪽지가 꽂혀 있다

오빠야~
나 안 보고 싶었나?

오빠 니
보고 싶어 왔다가
시간 없어 그냥 간다 전화해라 오빠야~

010 - 0000 - 0000 여보세요?

ARS 서비스입니다
화끈한 사진을 원하시면 0번
대화를 원하시면 1번을 누르세요

아뿔싸...

영자 〈 낙서 〉

옆집 누나 영자
나신(裸身)으로
모든 걸
내 던졌다

공원 공중 변소 문짝
시골 버스터미널 화장실 벽에...

* 혀만 끌끌 차고 지났더니 역시 시인은 대단하다.

코스모스를 닮은 가을 여인

이별의 설움을 버텨 내는 여인
붉은 꽃 비녀를 머리에 끼우고
누굴 기다리나 초조하여라

긴 모가지를 지녀 애처로운 코스모스
스스로 가을 길이 되어
목을 빼고 걷는 코스모스를 닮은 가을 여인이 있다.

슬프디슬픈 사랑 이야기
슬픈 눈을 숨기고
강둑에서 가을 사랑을 기다리는 사람이 있다

이별을 애절하게 이겨 내는 여인을
강한 애정이 있는 남자가
그를 코스모스 닮은 가을 여인이라고 부른다.

뒤란길

부섶 뒷문을 열면
물구나무서 있는 버선 한 짝

흑진주 속삭이는 항아리
아름다운 소금꽃 피우고

황금을 품은 독
어머니의 또 그 어머니가 다니셨던 그 길
위대한 어머니의 보물창고가 거기에 있다

여덟 명의 자식
그리고 가족 건강을 책임지셨던 내 어머니

뒤란길이
이제 기억 속으로 사라진다.

양귀비 〈 유혹 〉

깊은 산 속에서 나를 쫓아오는 양귀비
그는 혈 적색 피를 뚝 뚝 떨치며
나를 따라오고 있었다

진한 붉은색 루즈를 바르고
내 가슴 속으로 파고들 때
나는 세 번이나 기절했다

온몸이 붉게 타들어 가는 태양
그 옆에 찬란하게 빛나는 노을이
침묵의 언어로 춤을 춘다.

여우 꼬리가 보인다
하늘과 호수에 비단결이 펼쳐지는
오늘 밤 청혼을 받고 싶은 유혹이다.

아름다운 관용

결국은 상대를 위한 것처럼
궤변을 내뱉는 자여
당신은
어긋난 생각을 하는 것으로 보이는구나

정신적 기형으로는 본래의 아름다움이 없으니
그대는 정녕 그대로 살고 싶은가요?
쨍쨍한 소리가 굴왕신 같소이다

좋은 것을 칭찬하지 않으려고
나쁜 것을 칭찬하지는 마소

고귀한 마음 폭넓은 아량과 깊은 도량
그것은 위대함을 전제로 함이니

상대에게 베풂으로써 승리할 수 있다면
복수의 수레바퀴는 그대로 멈출 것이요

거미집

행간을 촘촘히
얽어 놓은 거미줄에
하루살이 걸렸구나

그리고
하얀 옥구슬
씨줄 날줄 널려 있다

안과 밖이 어디요

어차피 옥 구슬이 주렁주렁
안에 있거나
밖에 있거나
상관할 바 아니지만

아침 이슬방울은
해님과의 입맞춤이
눈부실 뿐이다.

건망증

신문 어디 있어요
아내가 신문을 들고 온다.

그리고 포도 한 송이를
접시에 담아 온다.

리모컨 어디 있어요
분명히 먹다 남은 포도 접시만 치웠는데

아내가 사방을 뒤진다
결국은 냉장고 속에서 찾는다

먹고 남은 포도 접시 위에
리모컨,
그날 나는 새됐다.

밤하늘의 별을 따다.

연인들에게 수없이 뜯긴
달과 별,
유람선 끌고 가는 갈매기

꿈을 꾸는 사람들
그들을 지키고 있는
안드로메다 짝별들

다소니* 그미에 손을 잡고
도시의 골목길 돌아
별을 따주려고 길을 떠난다

동산 꼭대기에 올라 나란히 앉아
자기야!
어떤 별을 따줄까?

* 다소니 : 사랑하는 사람이라는 뜻

낮달 그리고 그리움

나는 너를 보면서 슬프고
너는 나를 보면서 외롭구나
목마른 그대 불멸
촉촉이 적셔 줄 수 있다면

햇빛에 쏘여 하얗게 변해버린 낮달
숨어서 빼꼼히 보고 있는 낮달이
나를 보며 슬픈 표정 짓는구나

내 인생 눈물로 채워도 너만큼은
슬프지 않고
내 살아온 날들이 가시나무 같아서 때로는
나 자신을 증발하고 싶었다

어느 때는 고독의 바이러스가
나를 엄습하고 있을 때
낮달 너는 나의 슬픔을 달래주었다

철새는 무언가 그리워하는 힘으로
날아가지만

늘 안 좋은 추억을 담고 사는 나는
아침이 오면 너를 그리고
밤이 오면 또 너를 그린다

네가 안 보일 때면 구름이 가려 안보였고
내가 안 보일 때는
너가 너무나 그리워서
숨어서 보고 있었음이다.

은행잎 울타리

은행잎이
비 오듯 쏟아지던 날
내 안에는 너가 있었다

언제인가
너와 나 이곳 용문사에 왔었지?
우리 헤어지던 그 날

너를 울타리 같은 그 무엇으로도
가두고 싶지 않아

그러나
이곳에 다시오면
떨어지는 은행잎이 하도 슬퍼 보여
너와 나 둘이는
절대로 못 떠날 것 같아

이곳 용문사 큰 은행나무 밑으로 오면
우두둑 떨어지는 은행잎이
우리를
가두어 놓을 테니.

수선화 사랑

수선화 앞에서 가늘게 떨고 있는
너의 뒤 모습이 외로워 보인다

그곳에서 그 사람을
오랫동안 기다리지 마라

진한 그리움은 뒤에서 온다고 했다
이미 와버린 봄이 정점을 이룰 때면

뒤에 와 있는 너의 그리움이
너를 위한 사랑이니

훤칠하게 돌아온 나리시스
너만을 바라보고 있음이라

이미
와 있는 사랑을 더는 기다리지 마라

비자금

입에는 장미꽃을 한 송이 물고
요염한 자태로
엉덩이를 반쯤 구부리고
퇴근하고 돌아온 나를 현관문에서 반긴다

이게 뭔 일이야!
곱게 늙지 좀!

물고 있던 장미꽃을 거실 바닥에 내동댕이치고
방으로 들어가 버린다
순식간의 일이다.

식탁 위를 보니 작은 케이크에 촛불이 켜져 있고
고급 글라스 그 옆에 포도주 한 병이
아뿔싸 내가 큰 실수를 했구나

아내 생일도 아니고
그렇다고 내 생일도 아니고
그럼 뭐지!

아내가 서슬이 시퍼렇게 나온다

오늘이 무슨 날인 줄 아세요?
우리가 30년째 되는 결혼기념일이에요

응~ 나도 알고 있었어!
재빨리 거실 책꽂이에서 봉투 하나를 꺼낸다
그러잖아도 당신 옷 한 벌 사 입으라고
돈을 마련해 놨지!

이 돈으로 옷 한 벌 사 입지 그래
신권 5만 원짜리 화폐가 처음 나올 때 10장을
비자금으로 감춰 놨던 것을
재빨리 생각해 냈다

머리 회전은 빨라서 좋았는데
하지만 속이 이만저만 쓰린 게 아니다
어이구 가만히나 있었으면 중이나 가지
비자금만 없어졌잖아

포도주 그라스 쨍그랑~
그날 웃는 게 웃는 게 아니었다

137

부부(夫婦)

비 오고 천둥 치는 날
꼭 껴안고 밤을 보냈습니다

창문이 흔들리고 거센 바람 부는
그 날에도 그녀와 함께 있었습니다

파도가 집어삼킬 듯 치던 날
우리는 부둥켜안고 있었습니다

언제 어느 때라도
아내를 내가 지켜주었지요

신혼 시절 얘기지요
.
.

먹구름이 몰려와 번쩍이면
이불을 뒤집어씁니다

된 바람이 불어와 밤을 부숴도
코를 골고 자는 척합니다

바람 불고 파도치는 날에는
바다에 가지 않습니다

이제는 아내 뒤를 졸졸 따라다닙니다.

지금의 얘기지요

하지만 한 가지 분명한 것은
당신이 아프면 내가 더 아픕니다

흔적

푸르디푸른 날이 지나고
한때는 낭만도 누렸다
허나 노숙(老熟)이 오면 서서히 놓아줄 것이다
그날을 기억으로 간직한 채
낙엽 하나가 흔적을 떨어뜨린다

산다는 것
화려한 꿈을 꾸다가
심연(深淵)의 일부를 느끼다가
어느 겨를에
쪼글쪼글 빛바랜 대추 씨가 되고
아름다운 기억만을 떠올리며
구름에 적힌 이름 하나를 남기고
영혼 속으로 사라지는 것

하늘 그림

잿빛 하늘에
타이어 자국이 선명하다
추측건대 구름을
싣고 가다가
급히 제동하면서 쏟아부어
타이어 자국이 난 것이 확실한 것 같은데
그러면 왜
급제동했는가에 대하여
육하원칙에 의해 조사에 들어간다.

언제, 오늘
어디서, 하늘에서
누가, 구름차가
무엇을, 구름을
어떻게, 싣고 가다가
왜, 눈을 뿌리려고

마지막 빗자루로 쓸어낸 자국은
어떻게 설명할 것인가

흔적을 없애려고,
아니면 미끄러질까 봐?

수선화 사랑

수선화 앞에서 가늘게 떨고 있는
너의 뒤 모습이 외로워 보인다

그곳에서 그 사람을
오랫동안 기다리지 마라

진한 그리움은 뒤에서 온다고 했다
이미 와버린 봄이 정점을 이룰 때면
뒤에 와있는 너의 그리움이
너를 위한 사랑이니

훤칠하게 돌아온 나리시스
너만을 바라보고 있다

이미 와버린 사랑을 더는 기다리지 마라

그리울 때

계곡에서
폭포가 쏟아지면
앞산이 그리워서 우는 거다

바다에서
파도가 소용돌이칠 때면
보름달아 그리워서 우는 거다

옥이 엄마가
양파를 벗기는 이유를
이제야 알겠구나!

첫 번째 아내여!
두 번째 아내여!
세 번째 아내여!

정병근 시집

2020년 1월 23일 초판 1쇄
2020년 1월 30일 발행
지 은 이 : 정병근
펴 낸 이 : 김락호
디자인 편집 : 이은희
기 획 : 시사랑음악사랑
연 락 처 : 1899-1341
홈페이지 주소 : www.poemmusic.net
E-Mail : poemarts@hanmail.net

정가 : 10,000원
ISBN : 979-11-6284-179-2